誰偷走了
青蛙仔的大眼睛

圖・文
── 李熙敏 ──

誰偷走了青蛙仔的大眼睛

作　　者：李熙敏

責任編輯：黎漢傑

法律顧問：陳煦堂 律師

出　　版：初文出版社有限公司

　　　　　電郵：manuscriptpublish@gmail.com

印　　刷：陽光印刷製本廠

發　　行：香港聯合書刊物流有限公司

　　　　　香港新界荃灣德士古道220-248號

　　　　　荃灣工業中心16樓

　　　　　電話 (852) 2150-2100 傳真 (852) 2407-3062

臺灣總經銷：貿騰發賣股份有限公司

　　　　　電話：886-2-82275988 傳真：886-2-82275989

　　　　　網址：www.namode.com

版　　次：2023年4月初版

國際書號：978-988-76891-0-2

定　　價：港幣88元　新臺幣320元

Published and printed in Hong Kong

香港印刷及出版

序

不知不覺兩年過去了，繪本從籌備到繪畫到付梓，歷時一定不止兩年。

內子熙敏為了這個繪本所付出的時間和心機，我不懂得如何量化。

我只知道身為母親，她為了我們的女兒所付出的，已經不是用「付出」兩個字可以形容的了。

「青蛙仔」的意念，源自於女兒，當時剛巧女兒面對戴眼鏡和入學的困惑，她希望把意念化成繪本，從中鼓勵女兒面對任何環境的變化，因為變化在我們成長中是不可或缺的，我們應學會如何正面地面對。

我跟熙敏相處了近二十年，從未看過她執筆繪畫，直至數年前，因女兒喜歡在家隨意塗鴉的緣故，她才開始繪起畫來，過程中沒有老師的指導，純粹自娛自學，因此今天得見她的繪本付梓出版，的確百感交集，喜悅之餘，也十分感動。

還記得她在繪畫初稿的每一個晚上，在女兒睡覺後，沉靜地一改再改，那些無數個寂靜的夜晚，為她的專注提供了最好的氛圍。

這個繪本傾注了她對女兒的愛，也呈現每一位母親在子女長大的過程中所面對的種種複雜情感，有無端的擔心、有莫名的緊張、有強作堅強的勸慰、有不知何來的勇氣。

雖然繪本中只有很少地方提及父母，但父母在子女遇到困惑時，我們應在旁鼓勵他們，讓他們有自信地成長，因為子女的信心很多時候建基於家庭。我相信這些價值觀是繪本希望帶出來的。

女兒有好幾次看到了圖樣，好奇地問媽媽在畫甚麼，是否在畫我呀？

她每次都不置可否，今天，她終於可以在每晚的睡前故事時間，搖身為講者和作者，嘗試捧著自己的繪本，跟我們的「青蛙仔」娓娓說出背後的故事。

這個繪本不止為「青蛙仔」的成長豎立標記，也為我們的家庭劃下了重要的腳註。

區肇龍

自　序

　　這繪本的緣起來自於「夢想」。女兒常談及自己的夢想，有時她說長大後當醫生，有時說希望做真正的公主，有時說希望當一位髮型師。有一天，她問我有甚麼夢想。我說希望她可以快高長大、健康快樂。她說夢想是屬於自己的，不是為了別人而做的。

　　大學畢業後，我跟很多人一樣，以職位和薪酬來衡量自己的價值和成就，追尋夢想似乎只是兒時漫無邊際的想法。

　　女兒很喜歡繪畫，家中任何地方都是她的畫布。有一次，她拾起一支鉛筆，在家中

不同角落畫了幾個「哈哈笑」圖案，然後她就自己捧腹大笑起來，快樂了半天。我一直認為繪畫是遙不可及、難以觸摸的一門藝術，原來一幅隨意的圖畫竟然可以是快樂的泉源。最重要的是，畫作沒有美醜之分、價值在於自己的內心。女兒在繪畫得到的快樂，是我自學繪畫的原動力。

　　繪本是孩子認識世界的窗口，孩子可以透過繪本用不同角度理解事物、探究未知、甚至認識人生哲理。繪本中的故事可以是孩子成長的指路明燈，我祈望所有閱讀這本書的你，都喜愛書中的「青蛙仔」，因為「她」可能是你和我的縮影和寫照，我們都要在成長路上學習擁抱最真實的自己。

　　籌備了近兩年的「青蛙仔」終於出版了，「夢想」近在咫尺的一刻反而很不真實。

　　慶幸我一直遇到的人和事大部分都是美好的。我希望在此感謝我所有的家人和朋友。

　　在出版的過程中，我要特別感謝初文出版社的幫助。

　　同時在此感謝老爺和奶奶一直以來對我們家的關顧。

　　真摯的友誼難能可貴，在此特別感謝好朋友林佩雯小姐，祝願善良和真誠的她，幸福常伴左右。

　　感謝陪伴我成長的小狗——寶寶。寶寶的出現，豐富了我的童年，每天默默地守候著我，和我分享成長中每一

個細節。跟寶寶相處的日子，讓我學懂照顧其他人，亦對小動物產生特別的感情，這驅使我以動物作為繪本的主題。願寶寶在天上每天可以像以前一樣，盡情放肆地奔跑，享受著溫暖和煦的陽光。

我要感謝養育我的母親——梁美玲女士，感激她對我無微不至的照顧。在任何環境下都努力給我富足的童年，更一直讓我任性地尋找自己的天地。今天，就讓我努力完成這本書，作者名字就用上她給我的中文名字「李熙敏」作為報答。

每個人能夠實現「夢想」一點都不容易，我要感謝我的先生——區肇龍博士。在我追夢的過程中，他給予我無限的支持，包括成就我成為一位全職媽媽。在親子的黃金期，能夠專心一致、心無旁鶩地照顧孩子，讓我可以捉緊孩子成長的每一個珍貴時刻。在創作的路途上，他給予我很多寶貴的意見，鼓勵我完成創作，實現出版夢。感謝他一直為我遮風擋雨，給我最安穩的家庭。

最後，我要感謝我的女兒——區悠小朋友。謝謝她成為我的女兒，讓我明白生命的真諦，令我用美好的角度看世界，她也是我決定追求夢想的推動力，令我成為一個不一樣的我。希望我的「青蛙仔」永遠善良樂天，保持自己最獨特的一面！

作者

李熙敏

我住在森林裏的池塘邊。我跟所有小青蛙一樣，要開始學習捕捉昆蟲覓食了。可是，我有**點擔心**……

下雨後的池塘，真的有很多肥美的蚊蟲。真的很吸引呢！

「只要我捕捉到幾隻特別肥美的蚊蟲，就不用餓著肚子，來吃地上一隻一隻淡而無味的小螞蟻了。」

我望著那些一直在我頭上飛來飛去的蚊蟲，
它們好像有隱形魔法，瞬間就消失了。

我跳右。

我跳左，跳 跳 跳 ……前面有一隻特別肥美的蒼蠅，我飛快地跳上天空上……這是我跳得最高最遠的一次了，我用盡全身的力氣把舌頭伸長、用我強壯的大腿向上一撐。

我聽到其他小青蛙在取笑我，
因為我掉進水裏，最後連一隻飛蟲也捉
不到。

噗通！

我好不容易才能爬到樹葉上，全身都濕透了。

「我是一隻不會捉

蚊蟲的青蛙！」

「哈哈哈哈哈，是黑馬還是白馬？」

我一直想不通為什麼馬先生
會生氣，在回家路上，我還
嚇了一大跳。「是蛇呀！」

「青蛙仔，你眼花嗎？只是一條草繩呀！哪裡有蛇呢？真是傻瓜！」

我告訴媽媽今天發生了很多奇怪的事。媽媽笑了一下，說明天帶我去探望鱷魚醫生，說不定有方法令我變聰明！

「嘿嘿嘿，快來給我看看，你走也走不了⋯⋯」

媽媽走過來坐在我身旁，一直跟我說「小乖乖，沒事、沒事、是發夢了嗎？」原來我發了一個惡夢。

昨晚睡得不好，我一大清早就起床去探望鱷魚醫生。
「媽媽說你有方法令我變得聰明，是嗎？」

一雙溫柔的手，在我眼前放了
兩塊神奇鏡片。「我在這兩
塊鏡片，施展了魔法，你每天把
它掛在臉上，就會變得眼光清晰，
頭腦靈活的了。」

不過，明天是開學日了，我有點緊張。明天，可能會⋯⋯

「可能他吃得太多零食，看不清楚東西。」

「這隻青蛙很奇怪，放了兩塊放大鏡在眼前，哈哈哈哈！」

「真是一隻奇怪青蛙。」

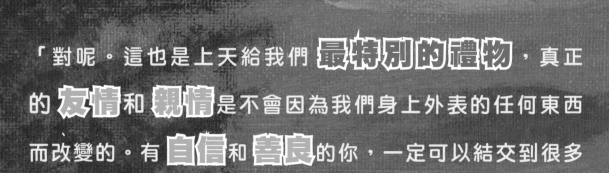

「對呢。這也是上天給我們 **最特別的禮物**，真正的 **友情** 和 **親情** 是不會因為我們身上外表的任何東西而改變的。有 **自信** 和 **善良** 的你，一定可以結交到很多朋友啊！」

晚上，我一直望著天空的星星，我發現每一顆星星都是一樣的。雖然那副神奇鏡片真的很有用，但戴起來我變得跟其他小青蛙不一樣。「媽媽，我不想要神奇鏡片了！」

「青蛙仔呀！我們每一隻青蛙都是獨特的，就好像天上的繁星，每一顆都有它獨特的運行軌跡，各有光芒、形狀和顏色。我們身上的膚色和樣貌，成就獨一無二的我們。」

開學日到了！我有點**緊張**，有點**忐忑不安**，
但我仍然很**期待**在學校遇到的朋友和新事物。

學　校

陸

「是圖書櫃啊。好像有我最喜愛的『神奇貓店長』系列呀！」
有一隻紅蛙在圖書櫃左攀右爬，快要掉下來了！

「哎呀！小心呀！不要爬得太高呀！」我發現地下有一本書。「同學，這本書是你的嗎？」

「你是在叫我嗎？你不怕我滿身紅色皮膚嗎？」

「你身上的膚色很特別，我看過青蛙百科全書，你應該從中美洲過來的。好高興認識你，我叫『青蛙仔』。」

「是啊！你真是博學多才呀！我就是中美洲紅蛙。在家鄉，朋友們都叫我『紅仔』。」

我很喜歡紅仔，我們無所不談，最重要是我
們接受對方跟自己不一樣。我們是好朋友。

他們是我的同班同學。
「大隻仔」、「歌神」、「古靈精」、
「大喊十」、「體操王子」、「細細粒」、
「朱古力」、「八卦妹」

我們每一隻青蛙都有自己獨特的膚色、性格、裝扮和才能。

今天，我們班將會有新同學，
聽聞是一隻有斑紋的樹蛙。

「你好，我是『青蛙仔』，
是這班的班長，好高興認識你。」

我發現結交朋友沒有想像中困難，
重要是把**真心**交付出來。
每隻青蛙都是**與別不同**的，
你就是你自己的觀眾，
要用最美的角度欣賞著自己呢！

有了這對神奇鏡片，我覺得世界變得不一樣了。

捐助聲明